내가 만난 사막여우

내가 만난 사막여우

펴낸날 | 2023년 9월 1일 초판 1쇄

지은이 | 강현국
펴낸이 | 강현국
꾸민이 | 이용헌
펴낸곳 | 도서출판 시와반시

등록 | 2011년 10월 21일 등록(제25100-2011-000034호)
주소 | 대구광역시 수성구 지산로 14길 83, 101-2408호
전화 | 053) 654-0027
전자우편 | khguk92@hanmail.net

ISBN 978-89-8345-151-4   03810

값 18,000원

내가 만난 사막여우

강현국 디카시집

시와반시

—디카시의 요체인 이른바 '즉순간성'을 어떻게 이해해야
 할까?
—영상언어의 포샵과 조탁의 허용범위는 어디까지일까?
—디카시의 문학성, 혹은 디카시의 독자적 미학의 근거는
 무엇인가?
—디카시는 SNS를 유통환경으로 하는 생활문학의 차원
 을 넘어 마침내 본격문학의 한 갈래로 문학사에 정착
 할 수 있을까?

문자언어와 영상언어간의 조율과 상응, 영상과 문자가
주고받는 내밀한 대화에 귀 기울여 보면 그 대답이 있
을지 모르겠다.

                              2023년 가을 강현국

차례

1부 우거진 생각

—
1부
—

우거진 생각

슬픔에 대해

얼마나 외롭고 힘들었을까.

가장 아픈 슬픔은 슬프지 않으려고 가슴에 금 가도록
눈 감는 슬픔이다.

마하반야바라밀다심!

12월

한 많은 가랑잎의 사연을 헤아리는 저 하늘 눈금처럼

내가 흘린 눈물에는 얼마큼 순도 높은 비바람 냄새가
배어 있는지?

아직 오지 않은 사람이 있는데 등불은 끄지 않았는지?

길 가던 흰 구름이 조심조심 가지 끝 빈자리를 궁금해
하는

개운한 초록

퍼덕거림에 놀란 숲의 한낮이

마침내 제 얼굴을 찾았다는 듯이

파도소리에 씻겨 무척 개운하다.

그때는 왜 몰랐을까

어제 내린 밤비는 빗소리를 데리고 어디로 갔나?

반짝이는 순간의 조각들이 검은 우울의 안쪽임을
그때는 왜 몰랐을까. 도대체 없는 영원에 속았거나
영원 없는 영원에 기대었기 때문일 것이다.

기울기

발톱을 오므리는 소리는 할퀼 듯 뾰족하고
제 몸을 두드리는 소리는 용서처럼 뭉툭하다.
끼룩끼룩과 철썩철썩 사이 부대끼는 내 노래는
너와 나의 틈새에서 처박힐 듯 가파르다.

내가 만난 사막여우

내가 갇힌 게 아니라 너희가 갇힌 거고,
바보야, 이 잘난 바보야
너희가 나를 구경하는 게 아니라 내가 너희를 구경
하는 거야.

노자老子

구름은 공평해서 손발이 은은하고

골짜기는 무사해서 하체가 현현玄玄하다.

혼자서도 고요를 꽃피우는

한 떨기 붉은 무위無爲의 언약처럼

몰입

문득 멈춘 시간이 문득 멈춘 장면을 바라보듯이

하얀 대답이 하얀 질문을 기막혀 하듯이

공空을 던져놓고 공空으로 몸을 감춘 깊은 산속처럼

물과 꽃

슬프기 위해 가라앉는 슬픔처럼

슬플 때는 슬픔의 빛깔로 그대 슬픔 잠재우고

기쁘기 위해 떠오르는 기쁨처럼

기쁠 때는 기쁨의 향기로 그대 기쁨 꽃 피운다.

봄날

불쑥 옛사랑이 사무쳐

수컷의 노래는 껴안을 듯 애절하고

불쑥 첫사랑이 찾아와

암컷의 노래는 돌아설 듯 새침하다.

봄밤

마침내 신부新婦처럼, 눈부신
설렘의 알몸처럼

어디 갔다 이제 온 메아리처럼

비애

칼 맞은 기억처럼 얼마든지 간절하게

해묵은 후회처럼 얼마든지 줄줄이 해일은 덮치는데

한사코 신발을 잃어버린 납작한 꿈처럼, 얼마든지

난처하게

산사山寺의 아침

색동옷 차림으로 적막이 놀러 왔다.

이슬방울 입에 물고 ㄸ~ ㄸ~ 찾아왔다.

풍경風磬이 눈 뜨는 소리 멀리 멀리 울렸다.

상처와 활

꽃이 폈네!

수천 번의 이별과 수만 갈래의 미로를 내장한

시간의 육체가 쏘아올린 화살 맞은 그 자리 움푹하네.

덧난 상처가 연분홍이네.

숲으로 가는 생각

모두 숲으로 ... ...적이어고 숲은 진한 녹음에
빠져있었다 ...

숲으로가는생각으로우거졌지만숲
은녹음이가장짙어서잃어버릴염려
가없어보였다—조말선

신발이 벗겨지는 꿈을 꾸었다.

500원이 모자라서 걱정하는 꿈이었다.

숲으로 가는 생각에 벗겨진 신발이

발바닥 속으로 우거지는 꿈이었다.

암갈색 우울

저녁노을이 다 익어서 붉다가 제 설움에 겨워 어두
워지듯
나이 든 우울은 암갈색이다.

먼저 죽은 자가 두고 간 등짐처럼
암갈색 숲으로 몸 바뀐 쓸쓸함, 내가 만난 침묵은
그런 것이다.

우묵한 그늘

그녀가 죽었다는 문자를 받았다.

천천히 가면 얼마나 무수한 것들과 많은 이야기를 나눌
수 있는지. 무수한 것들은 얼마나 무수한 이야기의 그늘
을 거느리고 있는지. 첫눈 내린 날이었다. 가고 없는 날
들과 창가에 앉아, 후후 불며 뜨거운 국밥을 먹고 싶은
날이었다. 은하수가 흐르는 밤하늘을 덮고 잠들고 싶은
날이었다. 철새들의 이동이 걱정되는 날이었다.

우주의 떠돌이

심심함이 제 새끼를 뜯어먹고 심심함을 낳은 그날
오이를 심고 호박을 심은 날 횃불을 들기엔 너무
늦은 날

새는 새를 위해 저희끼리 노래한다 하더라도
낭떠러지 속에서 노랑이 태어나던 날, 그럼에도 기
쁨이 함께하기를!

응시

숲의 울음을 삼켜버린

저 침묵은 우거진 소리의 안감이다.

소리의 투명한 안감이 비추는 검은 기억의 옷매무새

저렇듯 완강한

누가 헛발을 디뎌
제 한평생을 난데없이 엎질렀나 보다.
제 몸을 불사르는 자책의 휘발유가 픽! 터지는
소리 붉다.

집에 데려간다 해도 달랠 수 없는 슬픔의 등뼈
저렇듯 완강한

정중동靜中動

당신은 어디 있는지.

외로움은 키가 커서 멈추는데 서툴고
그리움은 다리가 길어서 달리는데 익숙하다.

내 마음이 쏟아질 듯 흔들리는 이유이다.

찔레꽃

엄마 없는 저 아이

얼마나 외로웠으면 저 많은 가시의 몸을 가졌겠는가.

배고픈 저 아이

얼마나 애통했으면 우주의 젖빛으로 흐드러지게 피

었겠는가.

참 힘센 풍경

김철수 작, 〈꽃의 함성〉

서로를 되비추는 그때

서로를 되비추는 거기

서로를 되비추는 불안

서로를 되비치는 당신

아파서

터질 듯 아파서 참 힘센 풍경들!

초록의 빈터

벤치를 보면 앉고 싶어지는 사람은 제 마음을 천천히
산책하는 사람
참 넉넉하게 어떤 이별도 어떤 상처도 괜찮아, 괜찮아
다독이는 사람

벤치를 보면 잠깐이라도 앉았다 가자.
우산 속에 모여드는 빗소리의 사연을 느린 걸음으로
헤아리기도 하면서

출렁이는 권태

할 일 없는 일요일 저 너머로 날아가고 싶었는데
먼저 번의 일요일이 할 일도 없이 먼저 와 있었네.

달라붙은 발바닥에 달라붙은 물결처럼

텃밭

새싹의 안녕이 움트는 안녕의 새싹이라는 듯이

움트는 우리 사랑 다칠세라 빗장 걸어두기도 잊지

않았다,

쾌변快便 뒤의 풍경이었다.

오솔길

선사禪師가 떠난 오랜 오솔길에 오랜 오솔길이 아직
도 남아 있네!

질문들은 나를 어디로 데려가려는 거지?

(마흐무드 다르위시)

—
2부
—

사랑의 서사

흑산도

숙명은 뒤에서 날아드는 돌멩이이고, 운명은 앞에서 날
아오는 돌멩이라는 세간의 말에 대해
꼴뚜기 참돔 도루묵 우럭 명태 도다리가 민초들과 더불
어 파도소리를 듣고 나를 찾아와 뒤에서 날아드는 돌멩
이는 목 잘린 절벽의 자식이고 앞에서 날아오는 돌멩이
는 해 뜨는 의지의 어미라고 귀띔해주었다.

검은 냄새

귀로 맡는 그대 걱정은 지난날의 것이어서 들판처럼
아득한 냄새가 나고
코로 듣는 바람 소리는 닥쳐올 것이어서 뱃속 창자
처럼 골 깊은 냄새가 난다.

이제 안녕

이준일 작, 〈Shigates거리〉

젖은 양말 신고 저무는 서쪽 끝까지 왔네.

끝은 끝이어서 서쪽은 영원하네.

떠나지 않아서 오지 않는 사람이여, 이제 안녕!

궁금해요

강현수 작, 〈고향풍경〉

지금 선생님께서는 흰 눈 안에 머물고 계시겠네요.

써다만 편지는 마무리하셨는지, 우편배달부는 다녀

갔는지,

멧새들은 아침밥을 먹었는지, 그 눈이 올해 내린 첫눈

인지 궁금해요.

그러므로

우리는 누군가의 몸을 빌려 세상에 오고
누군가의 몸을 빌려 세상을 떠난다.

그러므로

몸은 가꾸고 다듬는 장식품이 아니라
모서리가 닳도록 누군가를 보듬는 사랑의 도구이다.

기도

이준일 작, 〈순례자〉

흙 묻은 줄도 모르고 흙 묻은 발자국, 그 못난 생김새
여기까지 오느라 애쓰고 고생했다 고생했다 죽음 저쪽
까지 보듬게 하소서.

길 잃은 양처럼

먼 길의 유혹이 있다는 것 그러므로

쫄지 마, 거친 바다 어딘가 한 시절 고추 세운 다짐이

있다는 것

파도를 구부리는 뱃노래가 있다는 것, 태풍에도 쫄지

않고

노을빛 구기자가 먼 길 사무치게 익어가고 있다는 것.

낙서

바람 불지 않았다. 햇살 꼿꼿했다.

대나무 우듬지 빈 방을 기웃대지 않았다.

등 굽은 기억들 손톱만큼도 간여하지 않았다.

심심한 시간이 제 민낯을 제 멋대로 들어냈을 것이었다.

먼 산

해 지고 꽃 진다 외로워 말라.

오지 않는 아이 기다리는 빈 집처럼

빈 집 지키는 늙은 벚나무, 속 깊은 기억처럼

저기 저 먼 산이 푸르게 다가와 너를 지켜주신다.

목마와 숙녀

......이제 우리는 작별하여야한다 술병이
바람에 쓰러지는 소리를 들으며 늙은 여류작가의
......을 바라다보아야 한다

......등대에...... 불이 보이지 않아도 거저 간직한
페시미즘의 ...... 위하여 우리는 처량한 목마
소리를 기억...... 한다. 모든 것이 떠나든 죽든
...... 가슬 ...... 의미한 의식을 붙잡고 우리는
......지니아 ...... 서러운 이야기를 들어야 한다
...... 개의 ...... 지나 청춘을 찾은 뱀과 같이
......을 뜨고 ...... 술을 마셔야 한다. 인생은 외
......않고 ...... 의 표지처럼 통속하거늘 한
...... 무 ...... 우리는 떠나는 것일까
...... 소리는 귓전에 철렁거리
...... 러진 술병속에서 목 메어

　　　　　　　　　　- 박인환 목마와 숙녀

그대 그리움이 멀리 떠난 그대 그리움과 함께 걷다가
되돌아온 그리움이 혼자 남아 쓰러진 술병 속에 철렁
거리네.
목마를 타고 떠난 숙녀의 옷자락처럼

보부상 길

미역 소금 어물 지고 춘양장을 가는 고개

굽이굽이 열두 고개 처자식을 부려놓고

대마 담배 곡물 지고 흥해장을 가는 고개

봄날은 간다

열아홉 시절은 황혼 속에 슬퍼지더라.

오늘도 앙가슴 두드리며

뜬구름 흘러가는 신작로 길에*

퍼질러 앉은 생의 남루여,

봄이 봄인 줄도 모르고 봄날은 간다.

*손로원 작사 〈봄날은 간다〉 부분

사랑의 서사

新曆正月1日이다 確實히 人生 吾後다 過去의 淸算整
理. 結實을 爲하야 努力하여야겟다 大邱 周錫氏 金女
鑛山路 解決 女兒 歸省 xx70,- 家用500,- 顯國200,- 計
770,-支出 東亞日報 受信 豚肉10斤 구입 가난과 궁핍
과 외로움의 치부책置簿册에 밀봉된 내 아버지처럼

상처

상처를 깊이 파면

햇살 잘 드는 호수가 있어

내 손은 민첩해서 꽃을 피우고

내 발은 튼튼해서 저 산을 저 너머로 퍼 올리리.

시인의 마을

날개 다친 새들이 찾아드는
해 저문 저 숲속나라 어디쯤, 아랫목이 따뜻한
나뭇잎에 후두기는 빗소리 잘 들리는

그렇게 말했었지

좋은 시가 좋은 삶이라 믿습니다.

깻단을 털듯 내 마음 매질하여 눈물 쏟아질 때
허리 굽은 노동이 허리 굽은 마음에게 손수건 건넬 때

좋은 삶이 좋은 시라 믿습니다.

이쪽 나무와 저쪽 나무 사이

이쪽 나무와 저쪽 나무 사이 골목길에 세워둔 조그만 게시판이 보인다. 굽은 등과 주름 잡힌 손으로 할머니는, 침묵의 열매는 기도, 기도의 열매는 믿음, 믿음의 열매는 사랑, 사랑의 열매는 섬김, 섬김의 열매는 평화라고 당신의 생각을 가만가만 적고 있다. 쓰러질 때 받쳐주는 이쪽 나무와 저쪽 나무 사이! 더 없이 당당하고 마침내 평화롭다.

절규

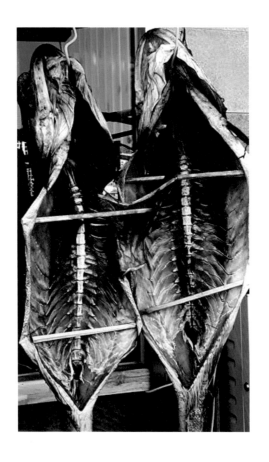

생로병사의 잔혹으로부터

멀리 떠날수록 철썩 철썩 달려드는 몰락의 한철로부터

먼 바다 길흉吉凶으로부터, 배고픈 통통배로부터 배웠지

절규도 햇볕을 쐬면 살신공양殺身供養의 사랑이 된다는 걸

제가 어떻게 하면

광고전문가 이재석의 '코끼리똥 치우는 참새'

오염은 다 시켜놓고 해결은 뒷전이던 큰(?) 나라들에게 일
침을 가하는 메세지
"똥 싼 놈이 치워라!"

지금으로부터 거의 10년 전 한 에스키모 사람이 우리 마을에 와서 이상한 현상에 대해 알려주었습니다. 빙벽에 물줄기가 흐른다는 것이었습니다. 이제 그 가느다란 물줄기는 냇물이 되어 흐릅니다. 우리가 여기 모여 앉아 얘기를 나누며 평화를 다짐하고 있는 이 순간에도 얼음이 녹고 있다는 사실을 기억하기 바랍니다. 제가 어떻게 하면 당신들의 마음속에 있는 얼음을 녹일 수 있겠습니까?*

*2000년 8월, 밀레니엄 세계평화 정상회담Milennium World Peace Summit에서 어느 에스키모 족장이 한 연설 중에서
**위의 사진은 인터넷에서 퍼온 것임.

캄캄하게 꽃이 진다

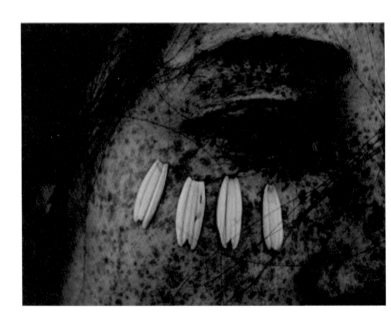

산이 우우 우는 소리가 들렸습니다.

캄캄하게 꽃이 진다 엽서를 쓰려다 말았습니다.

딱새가 날아가 버렸는지

못 전한 기별 끄트머리가 샛노랗게 달라붙어 따끔
거렸습니다.

해는 저서 어두운데

외손자 서동영(초등학교 4학년) 그림

검은 상처가 눈물로 덧날 때

어떤 기억이 불쑥 손가락을 내밀었다. 눈물이 검은

상처를 덧낼 때

어떤 기억이 불쑥 두 눈을 찔렀다

행복의 이유

등 굽은 아침에 내가 마시는 것은

아침 커피가 아니라 등 굽은 아침 그 자체이다.

등 굽은 아침은 밤낮 없이 등 굽은 아침이기 때문

에 그러하다.

너를 위해 1

—내 거친 생각

배달 가신 우리 아빠 돌아오지 않았다.

끝내, 불어터진 짬뽕은 파리 밥이 되었다.

물 밑 화쇄류火碎流가 목줄기 불끈 이글거렸다.

너를 위해 2

–그걸 지켜보는 너

"그는 사망하기 며칠 전 어머니에게 전화를 걸어 '2만 원만 보내달라'고 하는 등 극심한 생활고에 시달린 것으로 전해졌다. A씨는 최근 수도 요금 6만 원도 제때 내지 못해 단수 예고장을 받았다."

현대판 원죄. 개명천지 캄캄한 20230417

"이유는 간단하다. 사육비 때문이다. 문 전 대통령측은 개를 키우는데 한 달에 약 250만 원 가량의 비용이 필요하다고 한다. 그런데 250만 원에는 개를 기르는 사육사의 인건비도 포함됐다고 한다. 김정은이 선물한 개를 키우는 데 필요한 사육사의 인건비를 국민의 예산으로 충당해 달라는 논리를 대통령실은 받아들일 수 없었다고 한다."

너를 위해 3
—그건 아마도 전쟁 같은 사랑

배 터져 죽고 배고파 죽는 분해서 죽고 신나서 죽는
고장 없이 돌아가는 고장 난 바퀴처럼 먹고 먹히고
부딪치고 솟구치는 끼루룩 물똥 끼룩끼룩 쏟아지는
삶의 멱살잡이!

너를 위해 4
−너를 붙잡아야 할 테지만

19세 청년이 지하철 스크린 도어를 고치다 새순처럼
다독이던 목숨을 잃었다.

청년이 두고 간 컵라면 한 개!

너를 위해 5

―너를 위해 떠날 거야

폐허로 태어나 폐허로 살다가 폐허로 되돌아가는
이 세상 정거장의 아픈 숙명!

내일은 내일의 해가 뜨겠지, 쉽게 말하는 게 쉽지 않네.
청산가리만큼 미안하니까
사랑하니까.

—
3부
—

오래된 서적

시인 문인수 (1945-2021)

하늘 높이 사무쳐 오르다가 돌아온 언어의 딱새처럼
땅 속 깊이 뻗혀 내려가다가 돌아온 딱새의 언어처럼 *

거기 그렇게 낯선 고향처럼

* 문인수, 「말 걸지 말아라」 부분 인용

시인 문인수의 모자

굽이굽이 굽은 길이 굽은 삶을 만든 만촌동 국밥집으
로부터
굽은 삶이 굽이굽이 굽은 길을 만든 아우라지 동강까지

환히 비추는 가로등처럼
굽은 어깨처럼

겨울나기

나는 내일을 꿈꾸는 왼쪽이어서 한사코 오래된 오른쪽
을 잘라내었지
갈 곳 없는 오른쪽이 오들오들 떼거지로 왼쪽 윗목에
모여 들었지

내가 폐업을 결정한 이유야,
싸늘한 왼쪽이 질문보다 먼저 대답을 건네는 오지랖 넉
넉한 아랫목이 될 때까지

경고

사막여우가 그렇게 말했듯

누군가에게 길들여진다는 건

눈물을 흘릴 일이 생긴다는 것일지도 모른다.

고요함으로 아래가 된

큰 나라는 천하의 암컷이다.

암컷은 항상 고요함으로 수컷을 이기며 고요함으로 아

래가 된다. (老子)

멀리서 온 천하의 암컷들과 수컷들을 우려낸 찔레차를

마시면

내 마음 속 해 저문 화물 열차, 화물을 버리고 떠나갈

수 있을까?

고요함으로 아래가 된 저 높은 곳까지

곰삭은 시간

온몸이 환하게 서 있는 노부부의 뒷모습이 저 언덕 너머까지 가물가물 사무친다. 욕심의 산을 넘고 두려움의 강을 건너 여기까지 왔으리라. 두 주먹 거친 손이 비애를 다독이는 손길이 되기까지 파란만장을 다하고도 모자랐으리라. 그래도 모자라 비바람에 닿지 않는 탑塔으로 섰으리라.

그는 왜

살바도르 달리,

그는 왜 태양이 가까운 항구에서 불타는 맨발을 여자

속에 묻었을까?

몰락의 그 여자

자, 나를 삼켜봐! 솟구치는 어금니를 깨물고 있었다.

기도보다 진한 키스

이준일 작, ⟨Jokhang 사원⟩

사도 바울이 갇혔다고 전해지는 빌립보 흙집 감옥
터에서 가져온 내 주먹만 한 돌멩이 하나와 함께 기
도하던 그날들 오래 되었다. 누가 감옥 터로 가는
길을 흙집 속에 가두었는지, 누가 내 맨발에 양말을
신겼는지, 때 묻은 양말을 뒤집어 저간의 속사정을
살펴볼 일이다.

기억

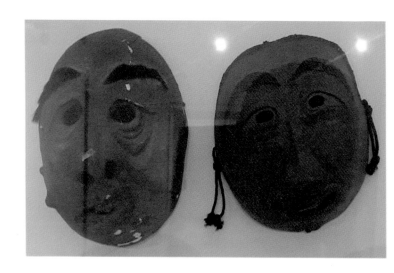

탈나지 않도록 탈을 쓰고
배탈 나지 않도록 뱃속에 쌓인 탈, 탈탈 털어냈었지

논둑 길 경운기가 가고 없는 날의 안부처럼 탈탈거리네.

두 눈이 퀭한 초랭이 앞날이 동구 밖까지 환해지도록
점점 더 강바람이 점점 더 둥근 달 탈탈탈 건져 올리기
까지

낡은 풍금처럼

멀리 멀리 갔다가 돌아 온 탕자의 눈물처럼, 아비의 등뼈처럼

말이 없어 입이 없고, 입이 없어 항문이 필요 없는 소리의 흔적처럼

도둑

시간의 도둑이 저지른, 어제와 내일의 곤고한 멱살잡이!
수도꼭지가 한 세상 그림자의 목구멍을 틀어막은
그믐밤 냄새가 덧대어진 오늘의 풍경이다.

때로는 어딘가에 기대고 싶다

이준일 작, 〈Bakhor광장 순례자〉

우리를 호명呼名하는 먼 곳이 있고,

내 속에서 스스로 솟아나는 그것
내가 살아보려고 한 바로 그것
왜 그토록 어려웠던 그것(카를 융)

우리가 호명하기를 바라는 먼 곳이 있다.

만트라

잔디밭을 달리는 아이들의 굴렁쇠
이삭 줍는 농부의 굽은 허리 저 너머

스스로 그러하게 넉넉한 보름달

생로병사의 잔혹한 모서리를 다듬는
가을 숲 풀무치의 서늘한 레퀴엠!

매달린 허공

허공이 매단 물고기

물고기가 매단 허공

허공이 허공에 매달린 그대 뒷모습

미륵세상까지

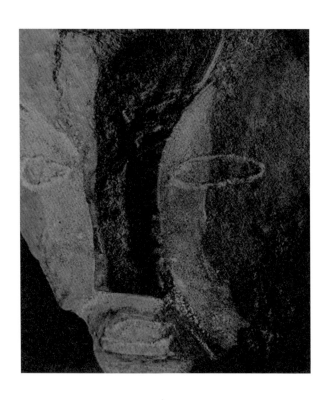

문도 없고 길도 없고 안도 없고 밖도 없다.
56억 7000만년! 미륵세상까지

꽃과 향의 아득한 파동이 약속의 자물쇠이고
까마득한 기다림의 전율이 미륵의 열쇠이다.

바람의 꿈

라훌라, 옥양목 치마가 바람에 펄럭거린다.

출가의 낭떠러지는 그의 운명이었으리라.

라훌라, 한낱 인연의 빨랫줄이 어찌, 날아가는

신발의 꿈을 잠재울 수 있단 말인가.

벽화

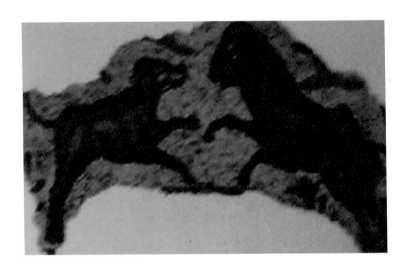

어쩔 수 없이 그런데와 그래도가 한 집에서 살았데

말[馬]이 말[言]의 부자지를 걷어차자 말[言]이 말[馬]의 혓바닥을 뽑았데

창과 방패처럼, 굶어죽을 왼쪽과 빌어먹을 오른쪽처럼

그런데와 그래도가 죽어서도 죽지 않고 으르렁거렸데

산울림처럼

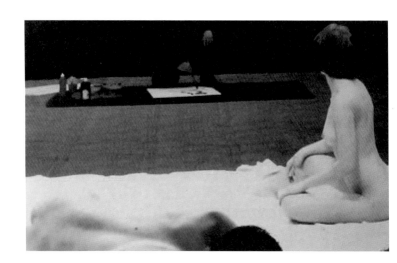

하안거에 든 정갈한 마당처럼, 산정山頂에 몸을 맡
긴 먼 먼 산울림처럼, 스스로 적막했고 스스로 만
개했다.

슬픈 영욕

적막은 젖은 산발치의 노래이고
고요는 휘발된 산정의 침묵이다.

수시로 다녀가는 불안에게 배웠나니

우리는 누구나 슬픈 영욕의 한 철을 지나, 비로소
무거운 육체의 적막으로부터 가벼운 영혼의 고요
에 이른다.

옛날 옛적에

꼬부랑 영감이 꼬부랑 길 가다가 호랑이를 만났지
죽은 할멈 잠든 무덤 꼬부랑꼬부랑 찾아가는 길이었지
부싯돌을 두고 와서 애가 탔는데 호랑이가 담뱃불을 붙
여주었지

우문현답

왜 너는 배 터져 죽고, 왜 나는 배고파 죽는가?
왜 너는 슬퍼서 죽고, 왜 나는 기뻐서 죽는가?

너나 나나 죽고 죽는 건 마찬가지다.

위리안치圍籬安置

노래는 자주, 부르는 사람의 생으로 스민다.

가시덤불처럼, 한사코 달라붙는 그림자처럼

'세한도'를 노래하다 추사의 유배가 내 생을 덮쳤다.

정거장

인적 끊긴 정거장

갈 곳 없는 너와 나의 작별인사처럼, 쓸쓸한

이 세계 안에서

그대 혼자 비 맞고 있겠지, 우산도 없이

제 똥의 힘으로 솟구치는

김재진 작, 〈책 읽는 고양이〉

나비가 두 손으로 흙을 파고 쥐똥나무 열매 같은 똥을 눈다.

제 똥의 냄새를 확인한 나비가 두 발로 흙을 긁어 그것을 덮는다.

숙제를 다 한 아이처럼 가볍게 솟구친다. 미사일 같다.

곰삭은 제 똥의 힘으로 솟구치는 미사일, 문학도 그랬으면 좋겠다.

헐거운 풍경

세상이 헐거운 신발

질문이 없어서 대답이 없는 어깨

함께 헐거워서 구름까지 헐거운, 내 것이 아니어서

내 것인 풍경들!

기막힌 갈색

날자 우울이여!

팔려간 제 새끼를 부르다 목이 쉬어버린
새벽녘 어미 소의 뒷덜미 같은

그것이 사랑이라면

사람 사는 세상

안녕이란 말의 손끝이 문득 멈춘, 여기

떠나지 못하고 문득 멈춘, 거기

바다를 포기하지 않는 강물처럼*

여기서 거기까지 혼자 남은

노란 손수건

* 2008년 4월 25일 방명록에 쓴 노무현 대통령 어록에서 차용

—

4부

—

김성수의 꼭두

걸레스님 중광에게

괜히 왔다 간다는 그대는

괜히 왔다 간다는 무명無明의 지팡이, 사무치는 거시

기로

철부지 한 세상 떼끼! 하고 떠났다.

곰곰 생각하니

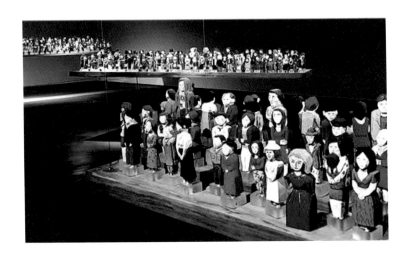

허공은 풍찬노숙의 맨발로 먼 길을 떠나고

공허는 주지육림의 버선발로 술상을 차린다.

먼 길은 춥고 술상은 뜨거워 섞이지 못할 뿐

곰곰 생각하니

허공의 몸이 공허이고 공허의 마음이 허공이다.

공책

허공은 가벼운 구름의 공책이고

공책은 무거운 삶의 허공이네.

궁금한 관계

함께 우산을 쓰면 연인이 되고
함께 비를 맞으면 동지가 된다는 말이 있다.

낯익을까 두렵고 익숙해서 때 묻은
지루한 발과 심심한 손을 거꾸로 단 우리는 무슨
관계일까?

그 아이의 철봉대

운동장 먼발치 혼자 놀고 있는 그 아이의 철봉대가 못 볼 것을 본 것처럼 가슴을 쳤다. 시오리 밖 닷새장 가는 길이 굽이굽이 그 어머니 천리 길이 되었다. 이 세상 어머니는 누구나 그 아이의 철봉대를 가슴에 품고 산다. 그 어머니 그 아이도 어느 봄날 문득, 천리 길을 걸어서 시오리 밖 닷새장에 가기는 마찬가지다.

그림자와 놀다

골목길을 데리고 동구 밖을 빠져나간 서산 초승달이

가고 없는 지난날 골목길을 목마 타고 찾아왔다.

그림자가 웃자라서 모퉁이가 지워진 골목길을 데리고

김성수의 작업실*

동쪽은 푸른 숲 통나무, 서쪽은 푸른 숲을 뛰어드는 하얀 도끼, 남쪽은 불타는 화요일, 북쪽은 저 언덕을 넘어가는 서러운 강물, 아름다워라! 두 눈을 부릅뜬 춘하추동 한 가운데, 태어나기를 기다리는 칼끝의 천지현황…

* 꼭두 작가 김성수는 돌, 나무 등 조각의 재료가 되는 자연물의 원형과 특성을 최대한 살리면서 가공을 최소화하는 작업을 고수하는 작가다. 작가는 시종일관 보편적인 인간 일반의 유형에 관한 관심을 가지고 제목에서부터 그들과의 '관계'를 나타내 준다. 실제로 표현되는 인물상들의 구체적인 동작을 보면 탈것에 실리거나 매달려 하늘을 나는 사람이나 손에 꽃을 든 채 우두커니 서 있는 사람 등의 모티프들이다. 그런 인물들이 짓는 갖가지 낯빛들은 무표정한 듯하지만 저마다의 삶에 대한 이해와 애정을 지녔다. 작가의 말대로 근심 걱정이나 피로움 고통의 그늘이 드리워지지 않은 얼굴들로서 묵묵히 현실을 관조하는 것처럼 보인다. 주위의 수많은 인간형을 단지 시각적으로 나열한 것이라기보다 하나같이 타자들의 삶에 대해 작가의 관심과 태도를 반영한다고 할 수 있겠다.
—김영동의 평론 「목각인형들과 나누는 다양한 삶의 담화」 중에서

꼭두 작가 김성수

저승으로 가는 길의 안내자이며 보호자인 꼭두는 보내는 이의 염려와 아쉬움이 담긴 배웅일 테고 최소한의 see you again일 것이다.(신태윤)

꼭두를 깎는 일은 죽음을 훼손하지 않은 채로 삶을 조각하는 일,
나는 당신의 환한 꼭두가 되어 돌아올지도 모를 캄캄한 당신을 기다리는 중이다.

나는 이미 도착했다

새털구름에게, 나는 이미 도착했다.

나를 두고 나를 떠난, 나는 이미 나에게 도착했다.

너무나 좋은 혼자

너무나 좋은 혼자! 사마귀는 저렇게 꿰맨 자국 없이 저렇게 아아, 너무나 좋은 혼자! 신발도 없이 후회도 자책도 아예 없이 사마귀는 저렇게, 생生이란 무릇 간절함뿐이므로, 간절한 울음이란 맨몸이므로 너무나 좋은 혼자!

덩그마니 혼자

덩그마니 혼자, 생각할수록

어둠이 어금니를 드러내는 골목길에 혼자

죽은 어미 기다리는 새 새끼처럼

어둠 속에 제 몸을 구겨 넣는 골목길에 혼자

뒷모습

모든 그리움의 뒷모습은 멎을 듯한 마음의 흔적이
어서 붉고
누구에게나 기다림의 뒷모습은 너무 오래 젖은 슬
픔이어서 검다.

등 굽은 옛집

호롱불 다시 켜니, 등 굽은 옛집이 주름진 손으로
고추 앉은 기억을 조심조심 더듬네.

별 하나에 추억과 별 하나에 사랑과 별 하나에 쓸
쓸함과
별 하나에 동경과 별 하나에 시와 별 하나에 어머
니, 어머니 *

* 윤동주

미안하구나! 반야般若여

그리운 사람이 다녀갔나 보다.

돌아앉은 그림자처럼

너무 오래 머물다간 날들의 뒷모습이 서럽다.

반야여,

스님 불 들어가요

사랑은 반듯해서 불에 타지 않는다.

옛날은 가고 없어도

먼 곳으로부터 먼 곳까지 초연하게 서 있다.

약속의 땅

먼 길 가지 마라.

더더욱 혹시? 라는 말에 혹惑하지 마라.

약속의 땅은 신발 신고 갈 수 없는 마음속 텃밭이다.

고향으로 가득한 주신찬가酒神讚歌처럼

어디 있니?

기다림의 손이 기억을 헤집고 그리움의 발이 구름
에 닿도록
볼펜 속에 제 몸을 숨긴 이야기처럼

너 지금 어디 있니?

어디서 왔을까

간절해서, 하도 간절해서
발도 없이 달려온 네발나비처럼

입술이 바싹 마른 슬픔은 어디서 왔을까?

그림자 저 너머
검은 시간의 골짜기가 환하다.

우체국 가는 길에

니체가 부치려던 편지의 수신인은 귀 막고 등 돌린
신神이었거나
괴물과 싸우려다 괴물이 되어버린 프리드리히 니
체였을 것이다.
마부의 채찍을 대신 맞으며 '때리지 마, 때리지 마'
하고 울다가
늙은 말의 목을 껴안고 미쳐버렸다는…

울지마 톤즈

그대 없는 세상 새벽부터 소낙비

쩽! 해 뜰 날 기약도 없이, 우산도 아주 없이

온몸이 으스스한 이 비를 어떻게 견딜까! 반지하집

내 노래는

정물

빨갛게 익은 저녁놀에 앉아 쓸데없는 생각 불 지피는
중이다.
세상은 모나고 슬픔은 질겨서
이래도 한세상 저래도 한세상 윤심덕의 지병을 굽고
있는 중이다.

지금보다 더

돌아앉은 후회보다 더 돌아앉은 후회는 없음으로
모서리를 다듬어 물방울을 만드는 서늘한 밤비처럼
해종일 혼자앉아 손가락을 더듬고 발가락을 뒤적여도
지금보다 더 허무한 허무도 없고 지금보다 더 추운 추
위도 없다.

최필용

폭탄이었다.

그녀가 죽었다는 문자를 받았다.

갔구나! 내 손이 닿지 않는 아득한 거기 아득한 먼 나라

우리 사랑 꽃피던 그해 여름 선운사

황소개구리가 컹, 컹, 터질 듯 울었다.

*최필용(1954~2022): 그녀는 생전에 나훈아의 〈애정이 꽃피던
시절〉을 즐겨 불렀다.

충충충충

몸속에 쌓아둘 것 하도 많아서 층층 꼼짝없이 못 박
히는지?
층층 꼼짝없이 못 박히어 몸속에 쌓이는 것 하도
많은지?

위태로운 것은 꼼짝없는 못 박힘이 아니라
층층층층 쌓아둘 곳 하도 많은 벽이라는 것

텅 빈 날

지팡이와 휠체어와 텅 빈 날의 외로움이 필요 없는

아주 먼 그곳으로

가엾은 내 어머니 구름 타고 떠나셨다.

죽음도 어루만지면 가볍고 포근해진다는 듯, 당신

의 죽음을 두 손에 받쳐 들고

하늘 부엌

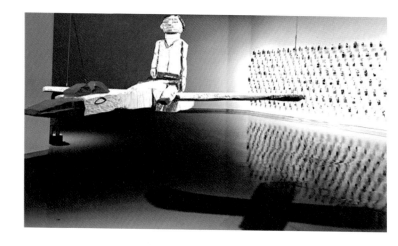

수고하고 무거운 짐 진 자들아 다 내게로 오라
내가 너희를 쉬게 하리라 -마태복음

미루나무 하늘에는 까치집 한 채가 있고, 푸른 나뭇
잎 굴뚝이 있고, 꽁지를 까딱거리는 까치 부부가 있
고… 수수해서 까치들의 살림살이는 밥그릇이 필
요 없고, 수수하게 살아서 까치들의 부엌은 설거지
가 필요 없고…

허공에 매달려

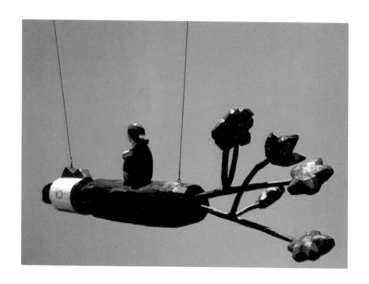

혼자 가니까 먼 길이고, 먼 길이어서 혼자 간다.

허공에 매달려

만남의 깊은 골과 이별의 높은 산을 넘으면서 허공
에게 배웠다.